AF177770

Tucholsky   Wagner   Zola   Scott   Schlegel
Turgenev   Fonatne Sydow   Freud
              Wallace
Twain   Walther von der Vogelweide   Fouqué   Friedrich II. von Preußen
              Weber   Freiligrath   Frey
Fechner   Fichte   Weiße Rose   von Fallersleben   Kant   Ernst   Richthofen   Frommel
              Engels   Fielding   Hölderlin
Fehrs   Faber   Flaubert   Eichendorff   Tacitus   Dumas
Feuerbach   Maximilian I. von Habsburg   Fock   Eliasberg   Ebner Eschenbach
              Ewald   Eliot   Zweig   Vergil
         Goethe   Elisabeth von Österreich   London
Mendelssohn Balzac   Shakespeare   Dostojewski   Ganghofer
         Trackl   Lichtenberg   Rathenau   Doyle   Gjellerup
Mommsen   Stevenson   Tolstoi   Lenz   Hambruch   Droste-Hülshoff
         Thoma   Hanrieder
Dach   Verne   von Arnim   Hägele   Hauff   Humboldt
     Karrillon   Reuter   Rousseau   Hagen   Hauptmann   Gautier
              Garschin
         Damaschke   Defoe   Hebbel   Baudelaire
                       Descartes
Wolfram von Eschenbach   Dickens   Schopenhauer   Hegel   Kussmaul   Herder
     Bronner   Darwin   Melville   Grimm Jerome   Rilke   George
         Campe   Horváth   Aristoteles   Bebel   Proust
Bismarck   Vigny   Voltaire   Federer   Herodot
              Gengenbach   Barlach   Heine
Storm   Casanova   Lessing   Tersteegen   Gilm   Grillparzer   Georgy
     Chamberlain   Langbein   Gryphius
Brentano   Lafontaine
Strachwitz   Claudius   Schiller   Bellamy   Kralik   Iffland   Sokrates
     Katharina II. von Rußland   Schilling
              Gerstäcker   Raabe   Gibbon   Tschechow
Löns   Hesse   Hoffmann   Gogol   Wilde   Vulpius
Luther   Heym   Hofmannsthal   Klee   Hölty   Morgenstern   Gleim   Goedicke
     Roth   Heyse   Klopstock   Kleist
Luxemburg   La Roche   Puschkin   Homer   Mörike   Musil
Machiavelli   Horaz
     Navarra   Aurel   Musset   Kierkegaard   Kraft   Kraus
              Lamprecht   Kind   Hugo   Moltke
Nestroy   Marie de France   Kirchhoff
         Nansen   Laotse   Ipsen   Liebknecht
Nietzsche   Marx   Ringelnatz
     von Ossietzky   Lassalle   Gorki   Klett   Leibniz
         May   vom Stein   Lawrence   Irving
Petalozzi
     Platon   Knigge   Kafka
Sachs   Poe   Pückler   Michelangelo   Kock
     de Sade   Praetorius   Mistral   Liebermann   Korolenko
              Zetkin

Der Verlag tradition aus Hamburg veröffentlicht in der Reihe **TREDITION CLASSICS** Werke aus mehr als zwei Jahrtausenden. Diese waren zu einem Großteil vergriffen oder nur noch antiquarisch erhältlich.

Symbolfigur für **TREDITION CLASSICS** ist Johannes Gutenberg (1400 — 1468), der Erfinder des Buchdrucks mit Metalllettern und der Druckerpresse.

Mit der Buchreihe **TREDITION CLASSICS** verfolgt tradition das Ziel, tausende Klassiker der Weltliteratur verschiedener Sprachen wieder als gedruckte Bücher aufzulegen – und das weltweit!

Die Buchreihe dient zur Bewahrung der Literatur und Förderung der Kultur. Sie trägt so dazu bei, dass viele tausend Werke nicht in Vergessenheit geraten.

Die unglükliche Hanne

Marianne Ehrmann

Impressum

Autor: Marianne Ehrmann
Umschlagkonzept: toepferschumann, Berlin

Verlag: tradition GmbH, Hamburg
ISBN: 978-3-8472-7064-5
Printed in Germany

Marianne Ehrmann

Die unglükliche Hanne

(Eine völlig wahre Geschichte)

Auf der Universität L... lebte vor mehreren Jahren ein Dienstmädchen, mit Hamlet zu sprechen, keusch wie Eis, rein wie Schnee, und schön wie der Tag! – Man kannte sie weit und breit nur unter dem Namen der schönen Hanne. Alles was man ihr etwa mit Recht vorwerfen konnte, war, daß sie sich, wie die meisten ungebildeten, aber schönen Mädchen ein bischen zu viel auf ihr Lärvchen einbildete. Übrigens hielt man sie für ein gutes, braves, artiges Mädchen. Das karge Schiksal hatte sie zum Dienen bestimmt, wenn schon ihre ziemlich gute Erziehung auf etwas Besseres Anspruch machen durfte! – Ihr Karakter war sanft, ihre Laune munter, ihr Herz bieder. Sie konnte sich zwar nicht, wie die übrigen feilen Mietlinge, in jede grillenhafte Laune ihrer Gebieterinn schmiegen, aber sie wußte zur rechten Zeit zu schweigen und zu dulden, wenn der Hochmuth die despotische Geißel über sie schwang. – Im Hause wurde sie geliebt, mit ihren Geschäften war man zufrieden, um ihrer Lebensart willen zog man sie öfter in Gesellschaft. Nur an ???vesten Grundsäzzen fehlte es ihr, an Grundsäzzen, die sie gegen die zudringliche Schmeichelei jener Insekten gesichert hätten, welche so ämsig der Schönheit huldigen, indem sie die Seelenruhe morden. – ???An Grundsäzzen, die ihr im rechten Zeitpunkt in die Ohren geflüstert hätten: Hanne, traue diesen Zukkerworten nicht, sie gelten nicht deinem Herzen, nicht deiner unbeflekten Seele, nur deiner Larve, nur deinem Körper gelten sie! – Zutrauliche Unerfahrenheit, Mangel an Menschenkenntnis, gedankenloser Leichtsinn, eitles Wohlbehagen gesellen sich dann an die Seite aller jener schwachen Mädchen, die unserer Hanne gleichen, und sich aus Eitelkeit so gerne Weihrauch opfern lassen, ohne daß sie frühe genug einsehen, daß er nichts weiter seie, als Dampf.

O wenn es doch unsere deutschen Mädchen im Denken auch einmal so weit brächten, daß sie den elenden Schnikschnak auf das Empfindlichste rügten, den Jünglinge vom gewöhnlichen Schlag ihren äusseren Reizen huldigen. Wahre Beleidigungen sind im Grund solche Schmeicheleien für ein Mädchen, das edeln Stolz genug besizt, nach bessern Verdiensten zu streben, als blos nach einer glatten Haut, nach rothen Wangen und schwarzen Augen. Der kriechende Schmeichler giebt ihr dadurch stillschweigend zu verstehen, er bewundre nur das an ihr, was sie mit der feilsten Dirne gemein haben kann. Er selbst misbilligt im Stillen ihre elende Eitelkeit, womit sie so gerne diesen Unsinn duldet. Er entzieht ihr die Hochachtung, die er einem Mädchen mit gebildetem Geiste einräumen müßte, wenn sie ihn fühlen ließe, daß er über zufälligem Glanz ihr Herz, ihre Denkart vergässe. – Wenn sie ihn mit feuriger Beredsamkeit fühlen ließe, daß er gerade durch diesen, ihr so verächtlichen Weg, ihre Tugend zu untergraben suche! – Kurz, wenn sie ihn fühlen ließe, daß er bei diesen verworfenen Äusserungen, weder reine, noch edle Absichten haben könne; daß er nicht sie, nur sich selbst liebe. – Nein! wie würden die jungen Herrchen stuzen, wenn unsere deutschen Biedermannstöchter diesen Ton gegen sie anstimmten? – Wie würden sie staunen, verstummen, und sich mit samt ihrer wohlklingenden Schmeichelei verkriechen!

Selbst unsere schöne Hanne würde gewiß diese offenherzige Sprache gegen ihre Anbeter gesprochen haben, hätte man ihr Anleitung dazu gegeben. Doch dies war bei ihr der Fall nicht. Sie ließ sich gerne schmeicheln, blikte izt weit öfter in den Spiegel, als vorher, puzte sich um vieles sorgfältiger, gieng öfter in Gesellschaften; war sorgloser, gesprächiger; schäkerte, tändelte, und dies alles mit freiem Herzen, mit unbeflekter Unschuld, so sehr sich auch die schwazhafte Verläumdung bemühete, in dem Mund ihrer dienstfertigen Schwestern ihren guten Namen durchzuhecheln; der einen war Hanne zu unbesonnen, wenn sie schon blos lebhaft war; der andern zu eitel, wenn sie sich schon nie über ihren Stand kleidete; die dritte fand lange nicht die ausserordentliche, hochgerühmte Schönheit an ihr; die vierte meinte, es wäre wohl nicht der Mühe werth, über ein gemeines Mensch so viel Aufhebens zu machen; die fünfte zukte die Achseln, seufzte, und bestätigte mit frommer Wichtigkeit den Saz: der Krug gehe so lang zum Brunnen, bis er breche; die sechste sprach mit lauter Schadenfreude: »Recht so! warum nimmt sich die elende Dirne nicht besser in Acht!« u.s.w. u.s.w.

Da gab es nun in der Stadt, über die noch immer unschuldige Hanne, allerlei Gespräche und Auftritte. Die fleißigen Stadtfraubasen hatten alle Hände voll zu thun, sie konnten oft mit den Neuigkeiten ganz und gar nicht fertig werden, die sie einander über diesen Gegenstand geheimnißvoll in die Ohren raunten; sie riefen ihre Nichten, Schwägerinnen, Tanten, Freundinnen, Nachbarinnen, Gevatterinnen, Maklerinnen und Mägde zur Hülfe. Dies war aber noch lange nicht alles! – Hanne sezte sich zwar mit aller ihrer Lebhaftigkeit keinen unanständigen Zumuthungen aus, aber aus Unvorsichtigkeit desto öfter den feinern Schleichwegen, welche ihre Anbeter mit vereinten Kräften zu ihrem Verderben einschlugen. Es entspannen sich um ihrentwillen wechselseitige Bemühungen, tükkische Kabalen und Herausforderungen. Briefe wurden dem Duzend nach geschrieben, aber keiner angenommen; Geschenke von hohem Werth angeboten, aber ausgeschlagen; Kupplerinnen umsonst bestochen, Bälle, Serenaden, Konzerte gegeben. Wie die Mükken im Sommer schwarmweis um unsere Ohren sumsen, eben so ämsig buhlten die Schmetterlinge um dieses Mädchens Besiz. Den näheren Beweis wird uns folgender Auftritt geben.

(Die Szene ist auf dem Kaffeehause)

A. Bruder, mein ganzes Vermögen will ich verwetten, die schöne Hanne kann mich besser leiden als dich! –

Sch. Hm! – Deine Eigenliebe kömmt um ein paar Tage zu spät, mein Trauter! – Hättest Du wohl Lust, einer gepflükten Blume dein Vermögen entgegen zu sezzen? –

B. (*springt auf*) Daß dich das Donnerwetter in Boden hineinschlage, pralerischer Windbeutel! – Nur noch den geringsten Laut, und wir brechen uns die Hälse! –

D. (*für sich*) Brecht euch nur die Hälse, ihr Narren! – Desto leichter rükken wir bei dem Mädchen vorwärts! – Doch ich mache meine Plane im Stillen, und komme gewiß weiter! –

F. Herr, keine Ausreden! – Gespielt muß es seyn, und sollten Sie, oder ich, darüber zum Bettler werden! –

E. Über den verdammten Korb, den wir gerade zu einer Zeit von ihr kriegen mußten! – Aber ist denn auch diese Kokette all das Geld werth, das wir da einander so in der Verzweiflung hinwerfen? – M. Poz Bliz! Mit mehr Schonung von der schönen Hanne gesprochen, ihr Herren oder, hier sizt Einer, der sie zu vertheidigen weis! – F. (*seufzt für sich hinter dem Ofen*) O Mond, du Freund der Liebenden! – O Hanne, du Dulderinn im Sterbegewand! – H. Die wenigsten Weiber taugen was, aber um diese Bruder, lief ich dir barfuß nach Rom!

– R. Ich auch! – Mein Seel, ich auch! – O. *(für sich, schmachtend)* Ach, das süsse Mädchen! –

»Es brennt! – Es brennt!« – »Wo denn? – Wo denn?« – Schrieen alle, indem sie zur Thüre hinausstürzten! – »In euren Köpfen« antwortete der lustige Junge, der dies ganze Gespräch belauscht hatte, und verkroch sich im Gedränge! –

So spannte ein Anbether den andern, so ärgerte einer den andern, und so blieben sie bis izt alle von der schönen Hanne unerhört. Man müßte die weibliche Natur nicht kennen, wenn man läugnen wollte, daß alles dies dem Mädchen recht wohl gefiel, da es ihrer Eitelkeit zum Triumph, und ihrer Schönheit zum Zoll diente. Daß Hanne bis hieher für keinen unter allen Liebe fühlte, ist leicht zu begreifen. Eitle Mädchen sind meistens kälter als andere; über den Schwarm, der sie umringt, vergessen sie im einzelnen zu wählen; alles ist ihnen willkommen, alles neu, aber auch alles in so weit gleichgültig, bis es einst dem rechten gelingt, ihre Herzen zu rühren.

Hanne taumelte, von Schmeichlern vergöttert, von Wollüstlingen bestürmt, eine Zeitlang so fort, ohne sich über einen Zustand selbst Rechenschaft zu geben, der weder an Tugend noch an Laster gränzte. Ihr Herz blieb zwar unangetastet, aber ihre Seelenkräfte geriethen ins Stokken, ihr Verstand verdunkelte sich, ihr sittlicher Zustand war nicht verdorben, aber auch nicht ganz ohne Flekken. Sie lebte im Ganzen genommen ein sonderbares Leben, war vergnügt, so lange der Weihrauch dampfte, und fühlte Langeweile und Leere, wenn Pausen dazwischen kamen. Sie genoß keiner eigentlichen Seelenruhe, und doch war sie auch nicht mißvergnügt. Bekannte hatte sie in Menge, aber nicht einen vertrauten Freund. Sie sehnte sich nach keinem, und sah dennoch alle gerne kommen. Sie liebte, schäzte keinen, und doch vermißte sie ihre Gegenwart. Unter allen ihren Anbetern war ein Einziger, den sie am meisten floh, und ihm auf das kälteste begegnete, so feurig, so rastlos, so behend er sich auch an sie hin drängte. – Das schlaue Mädchen wußte ihm auszuweichen, wußte jede Unterredung zu vereiteln, jede Anspielung abzulehnen. Es war als ob sie vor dem Augenblick zurükschauderte, der sie einer beiderseitigen Erklärung hätte nähern können! – Sie zitterte vor der Entwiklung dieses Geheimnisses, und doch stach sie die Neugierde. Hundertmal wich sie seiner Zudringlichkeit aus, aber eben so oft schielte sie im Verborgenen nach ihm. Das schmachtende Aussehen, womit dieser Jüngling bloß um ihrentwillen zum Grabe hinzuwelken schien, rührte mehr ihre Eitelkeit, als ihr Mitleiden. Nur zuweilen stieg ihr plözlich der Gedanken auf: Es ist doch ewig Schade um den hübschen, in der ganzen Stadt angebeteten jungen Schwammer, daß er so anschaulich dahin welkt, ohne daß man weiß, warum? – Doch bald wurde dieser Gedanke wieder durch andere verdrängt; das leichtsinnige, eitle Mädchen dachte nur an die jezigen Zeiten, wo sich alles um ihre Liebe bemühte, und vergas dabei die Zukunft.

Der junge Schwammer, Sohn eines Hofraths aus dem Elsaß, ein junger Mann, dem es nicht an Kopf fehlte, häufte indessen Plane auf Plane um Hannchens Besiz. Seinen lokkern Kameraden blieben diese Absichten nicht lange verborgen, einige beneideten ihn, andere spornten ihn durch Widersprüche, und wieder andere halfen ihm selbst zu dieser schweren Eroberung, an deren glüklichen Ausführung seiner Eitelkeit nicht wenig gelegen war. Denn, im Vertrauen gesprochen, der Bursche war reizend, und gefiel den koketten Damen äußerst, so wenig er sich auch in diesem Zeitpunkt um jene Eroberungen kümmerte, die ihn gar keine Mühe kosteten, weil sie sich ihm selbst an den Hals warfen. Er wollte mit Ruhm siegen, und da, wo seine Kameraden abgewiesen wurden, und muthlos sich zurükzogen, wagte er sich hin. Kein Hindernis war ihm zu hoch, keines zu mächtig, das er nicht durch Kunst, Beharrlichkeit, und durch seine Reize zu ersteigen glaubte. Er kannte Weiberschwäche aus Erfahrung, wußte, daß gerade die eitelsten in gewißen Zeitpunkten die schwächsten wären, und ließ sich durch nichts zurükschrökken. Zuerst suchte er durch allerlei kleine Kunstgriffe Hannchens Aufmerksamkeit rege zu machen; er kam nur selten in den Zirkel, den sie besuchte, aber desto feuriger, ehrerbietiger, bescheidener war er. Oft, wenn er so im stillen Nachdenken vertieft in einer Ekke saß, während Andere um sie herum sumsten, war ein halb unterdrükter Seufzer der einzige Laut, den er wagte. Plözlich wurde er in ihrer Gegenwart jezuweilen durch ein Briefchen unterbrochen, das er unwillig zusammen knikte, nachläßig in die Tasche schob, und dann aus Vorbedacht mit dem Schnupftuch wieder herauszog, um Hannchens Neugierde, und durch sie ihre Eifersucht zu reizen. Alle diese planmäßige Kunstgriffe gelangen ihm so gut, daß dadurch ihre Aufmerksamkeit aufs Äusserste gespannt wurde. Von dieser gieng das Mädchen zum Nachdenken über, sie machte Vergleichungen, die zu des Jünglings Vortheile ausfielen, untersuchte sein bescheidenes Betragen, und fand es gegen das übrige von ihren andern Anbethern sehr verschieden. Sie fieng so gar an Verdienste auf Rechnung seines Herzens zu schreiben, die er nicht besas, und die sie nur dem Schein nach kannte. Hinten drein kam gar noch die liebe, weibliche Eitelkeit, und spiegelte ihr die Vortheile vor, die sie durch diese köstliche Eroberung vor allen andern Frauenzimmern einärndten könnte, und wie sie dadurch den Neid der ganzen weiblichen Welt reizen würde. Endlich trat ein gewißes, bisher noch immer unentwikkeltes, banges, sehnsuchtvolles Gefühl aus dem verborgensten Winkel hervor, und Hannchens Herz befand sich in einem räthselhaften Zustande. Ihre Munterkeit war dahin, es ekkelte ihr vor dem Geräusch, sie floh den Schwarm, fand alle übrigen Anbether fad und unausstehlich. Auf dem holden Gesichtchen ruhte Schwermuth, in ihrem Betragen herrschte Schüchternheit und Mistrauen, in ihrer Kleidung lange nicht mehr jener um Beifall buhlende Glanz, aber Reinlichkeit und einfache Natur. Man sah sie izt nur selten in jenen Zirkeln, wo sie ehmals als Huldgöttinn erschienen war. Nach und nach kühlte sich der Eifer ihrer Anbeter durch lange Entfernung in etwas ab, so wie Hannchen selbst die Neuheit verlor, und das Stadtmärchen durch andere verdrängt wurde. Einer nach dem andern flatterte weiter, nur Schwammer blieb wie eine Klette an ihren Reizen kleben, und jubelte im Stillen über den nahen entscheidenden Zeitpunkt. Recht bald wußte er sich an einem dritten Orte eine Unterredung zu verschaffen, und... wir wollen ihn einmal belauschen! –

Hanne (*tritt ein*) Mein Herr! –

Schwammer. Mademoiselle! –

H. Ich dachte die Frau vom Hause zu treffen, und nicht Sie! –

Sch. Sie hat sich so eben in Geschäften entfernt und wird bald wieder hier seyn! Darf ich einstweilen ihre Stelle vertreten, und Sie unterhalten? –

H. (*verlegen*) O ich bitte – Sie sind zu gütig – ich werde mich wieder entfernen, es schikt sich nicht, daß ich...

Seh. (*kalt*) Wie es Ihnen gefällt! – Aber die Frau vom Hause wird es übel nehmen, wenn Sie nicht bleiben.

H. (*für sich halb laut*} Was soll ich thun? –

Sch. Bleiben, schönes, holdes, englisches Mädchen! –

H. Ja, aber...

Sch. (*mit dem Schein der Empfindlichkeit*) Für wen halten Sie mich? –

H. (*erschrokken*) Ich – ich – halte Sie für...

Sch. Doch hoffentlich für einen ehrlichen Kerl, und für Ihren wärmsten Freund? – Gab ich Ihnen je Anlaß zu diesem Mistrauen? –

H. Das nicht, indessen bin ich izt nicht gesinnt die Sache näher zu untersuchen. –

Sch. (*spöttisch*) Sie finden es vielleicht nicht der Mühe werth? –

H. Hm! –

Sch. Warum wollten Sie mich denn fliehen? –

H. Weil es der Wohlstand gebot! –

Sch. Ich lobe Ihre Bescheidenheit! – Aber aus keiner andern Ursache? –

H. Über Ihre Fragen! –

Sch. (*mit dem Schein des Trozzes*) Wenn ich Ihnen damit zur Last bin, so kann ich auch schweigen! –

H. (*für sich*) Wie stolz! – Umsonst ist er nicht so schön! –

Sch. (*gleichgültig*) Wir haben heute artig Wetter! –

H. (*für sich*) O wie unerträglich ist mir dieser Ton! –

Sch. Warum so still?

H. Um Ihr interessantes Gespräch nicht zu unterbrechen! –

Sch. Ich verstehe! – Wenn man das Herz und den Kopf von einem gewißen Bilde so voll hat wie ich, dann ist man in der Gesellschaft nichts nüzze! –

H. (*für sich*) Was mag er wohl darunter verstehen? –

Sch. *(seufzt halb laut)* Ach! –

H. *(für sich)* Nun seufzt er gar! –

Sch. Hannchen, liebes, göttliches Mädchen! Sie müßten blind seyn, wenn...

Gerade izt trat die Hausfrau ins Zimmer, und das Gespräch ward für diesmal unterbrochen! –

Niemand ärgerte sich mehr darüber als Hannchen, sie glaubte da etwas zu hören, das ihr das Betragen des Jünglings, der ihr immer so nah und doch noch so fern war, entwikkelt hätte. Er begegnete ihr überall, wenn sie ihm schon auszuweichen schien. Oft faßte sie den Entschluß, nie wieder ein Haus zu betreten, in dem Er der erste und lezte Gegenstand war, der ihr aufsties, und blieb doch nicht weg! Ein unwiderstehlicher Hang riß sie dahin, ihr Herz pochte gewaltig, wenn sie sich der Thüre näherte, und schlug ängstlich, wenn sie wieder fortgieng. Überdies ward sie izt durch die unterbrochene Rede so gespannt worden, daß sie die ganze Zeit über nicht mit Zusammenhang sprechen konnte. Sie hoffte noch immer, daß Schwammer ihr beim Weggehen den Arm anbieten würde, aber sie hoffte umsonst, denn er verließ die Gesellschaft plözlich vor ihr.

Wieder ein Strich durch die Rechnung für das gute Mädchen! – Sie glaubte und wünschte Eindruk auf ihn gemacht zu haben, aber sein Betragen widersprach dieser Vermuthung. Sie durfte nicht selbst den Weg bahnen, wohin sie ihr Herz drängte, und doch schoben ihre Empfindungen sie vorwärts! – Sie wünschte, verlangte, empfand, aber alles bestand in noch unentwikkelten Gefühlen. Welche Marter für das unschuldige, gefühlvolle Hannchen, und welch' ein Triumph für Schwammer, der seinem Ziel immer näher rükte! – Es gab Augenblikke, wo Hannchen sich rasch aufs Bett warf, und bitterlich weinte, ohne daß sie wußte warum, es war ihr so wohl und so weh, so bang und so leicht, sie war so unruhig, und doch so selig, so vergnügt und doch so unglüklich, kurz sie wußte nicht, wie ihr war, aber so was fühlte sie doch noch nie! – Ganz sachte schlich sich zwar das Wörtchen Liebe in ihr Gedächtnis, sie erröthete darüber, verbarg das Gesicht, und schluchzte laut! – Das arme Mädchen hatte von dieser seligen Empfindung gerade den verkehrten Begrif, wie ihre meisten Schwestern, sie glaubte Liebe und Laster seien verschwistert. Sie hielt diese Menschenbeglükkerinn für das, wofür man sie gewöhnlich hält, für das blosse Spielwerk der Sinnen; da sie doch gerade in einem edlen Herzen diesen zu gebieten weiß, besonders wo es darauf ankömmt, der Unschuld zu schonen. Zerstreut und verwirrt verlebte sie ihre Tage, schlaflos und betäubt ihre Nächte, o es war des Kämpfens, des Ringens kein Ende! –

Indessen verstrichen Tage und Wochen, und sie sah ihn nicht, wenn sie schon jede Gelegenheit aufsuchte, ihn zu sehen. Es war als ob sich der schöne Flüchtling nur darum ihren Augen entzöge, um sich desto kostbarer zu machen. Sie wollte diese mächtige Sehnsucht durch Unwillen übertäuben, aber es gelang ihr nicht, denn immer entschuldigte ihn ihr Herz, so sehr sie auch seine Kälte in der ersten Hitze sträflich fand. Weitere Schritte, nähere Untersuchungen wollte und durfte sie um ihrer Ehre willen nicht wagen, und doch war ihr diese Ungewißheit unerträglich! – Zwischen Kampf und Liebe, zwischen Entschluß und Ausführung verweinte sie manche traurige Stunde! – Einst saß sie spät in der Nacht auf ihrem einsamen Kämmerchen, dachte an nichts als an ihn, wußte von nichts als von ihm, sah nichts als nur ihn! – Die süsseste Schwärmerei übertäubte ihre Vernunft, der Name Karl drängte sich unwillkührlich und laut aus dem sehnsuchtsvollen Herzen hervor, und siehe da, Karl Schwammer lag zu ihren Füßen! –

Hanne *(springt auf)* Verweg'ner! Was ist dies?

Schwammer. Eine rasche That zum Leben, oder zum Tod!

H. Um Gottes willen stehen Sie auf! – Fort! – Man könnte – Gott, ich glaube gar wir werden belauscht? – O meine Angst ist unaussprechlich! –

Sch. Zittern Sie nicht, englisches Hannchen, niemand sieht, niemand hört uns. Verzeihung dem Kühnen, den Verzweiflung hieher trieb! –

H. *(verwirrt)* Ja doch – nein doch. – O ich gehe fort – hier bleib ich nicht, wenn Sie nicht gehen! –

Sch. *(drohend)* Mädchen, bedenke was du thust, es wird dich reuen! –

H. Gott, wie ist mir so bange! –

Sch. *(affektirt)* Kaltes, häuchlerisches Geschöpf, verbirg mir nur deine Gefühle, stoß mich von dir; aber zittere um deines Karls Leben! –

H. *(weint heftig)*

Sch. Hannchen; sieh' herab auf den Unglücklichen, der sich zu deinen Füßen krümmt! – Sieh' herab sanftes Mädchen, und lohne mich mit Gegenliebe! – Du erröthest? – Du wendest dich von mir? – Ha, Triumph, Triumph, ich werde geliebt! –

H. Zu meinem Unglük! –

Sch. Nein zu deinem Glükke! – Sprich Hannchen, was soll ich thun, um dich von meiner Liebe zu überzeugen, um dich zu beruhigen? –

H. Nichts, als meine Ehre schonen, und sich entfernen! –

Sch. Ist dies dein Ernst? – Sieh mich an! – Ist dies dein Ernst? –

H. *(für sich)* Wie mich der reizende Verräther in die Enge treibt! –

Sch. *(sanft kosend)* Keine Antwort? – Deinem Karl keinen Blik? –

H. Ach Gott! – Meine Gebieterinn klingelt; lassen Sie mich! – *(Läuft fort)*

Sch. Tod und Hölle! Schon wieder umsonst ein Narr gewesen? Ich muß fort; um sie desto kirrer zu machen! –

Als Hanne wieder zurükkehrte, fand sie ihren Liebling nicht mehr! »Ach, rief sie unwillig, er hätte doch wohl noch ein Weilchen harren können, da er nun einmal schon da war! Wir haben uns ja noch dieses und jenes zu sagen gehabt! Wenn er nur nicht böse ist, der Trozkopf!« – Mit diesen und ähnlichen Gedanken beschäftigte sie sich die ganze Nacht hindurch, und konnte kein Auge schließen! – Einer äußerst qualvollen Nacht folgte ein noch weit qualvollerer Tag! Die Sehnsucht wuchs mit jeder Minute, sie berechnete Stunden, Augenblikke, bis endlich jener wieder anlangte, in dem sie ihn erwartete. Nun gieng es bei dem verliebten Mädchen an ein Lauschen; das Öhrchen wurde gespizt, der Busen hob sich ängstlich, das Gemüth wurde immer unruhiger, die Liebe heftiger, die Erwartung gespannter, bis endlich die krachenden Wände seinen leisen

Tritt ankündigten, und sie zitternd vom Gefühle übermannt an seinen Busen sank! –

Hanne. O mein Karl!

Schwammer. Laß mich ausruhen an deinem Busen, und mich erholen!

H. *(beschämt)* Ha, verberge mich vor mir selbst! –

Sch. Schwaches Geschöpf, wie, du schämst dich deiner Liebe? –

H. Nicht meiner Liebe, aber meiner Aufführung! –

Sch. Dieser hast du dich bis izt nicht zu schämen! Glaubst du, daß ich dich nicht zu schonen weiß, so schön du auch immer bist? –

H. *(schlägt die Augen nieder)*

Sch. Deine Reize übersteigen jeden Ausdruk! Ich wundere mich nicht, wenn meine Kameraden beinahe den Verstand darüber verloren! Hannchen du weißt es selbst nicht einmal wie schön du bist! –

H. Hm, als ob es Ihnen an Schönheit fehlte! –

Sch. Du Lose! Es giebt zwar hier Weiber und Mädchen, die thöricht genug sind, mir diesen Vorzug einzuräumen. Doch meine Hanne hält mich für alles schadlos, nicht wahr kleiner Engel? –

H. *(arglos)* Wenn ich es nur kann! Bei mir finden Sie kein Geld, kein Ansehen! –

Sch. Dies brauch ich alles nicht! – Mein Vater hat Geld genug! Er ist schon alt, und wird nicht mehr lange leben, wenn er stirbt, so trete ich sein Amt an, und die schöne Hanne wird dann mein Weibchen! –

H. Damit werde ich mir wohl nie schmeicheln dürfen! – Ein so armes Mädchen wie ich bin, hat nie auf was solches zu hoffen! Man hat ja hundert unglükliche Beispiele! –

Sch. Woher dies Mistrauen? –

H. Ach, ich weiß selbst nicht wie mir ist! Mir ahndet immer, mein Schiksal nähme noch einmal ein schreckliches Ende! – O hätte ich Sie nur nie kennen gelernt, und doch liebe ich Sie mehr als ich es ausdrükken kann!

Sch. Grillenfängerinn! – Dieser Kuß soll dich der Reue überheben!–

H. Und Ihr künftiges Betragen, wird mich dies auch nie keine Reue kosten? –

Sch. Wie kannst du nur so toll fragen? Laß uns die wenigen Augenblikke nicht mit milzsüchtiger Moral verbittern. Du liebst mich, ich liebe dich, und dies ist genug! – Ich freue mich wie ein Kind auf die Zukunft, wo ich dich einst als Weib, in den Zirkel meiner Bekannten führen kann, deren Neid über deine Schönheit mein größter Zeitvertreib seyn soll; denke dir einmal das Vergnügen, wenn du in meinem Vaterstädtchen als Frau Hofräthin, alle andern Weiber an Figur, Kleidung und Geschmak übertriffst! Wenn du an meinem Arme so elegant daher schlenderst, wie eine auserwählte Grazie, und aller Augen auf dich ziehst! –

H. Dies wäre freilich für ein armes Dienstmädchen ein großes Glük!

Sch. Das will ich hoffen! Und das übrige wird sich auch schon geben! – Meinthalb mögen dann die hiesigen galanten Damen ihre Nezze nach andern werfen, mich fangen sie nicht! –

H. Aber Sie haben sie schon gefangen, nicht wahr?

Sch. Seit ich dich sah gewiß nicht! –

H. Schmeichler! – Und ich weiß doch ganz sicher, daß man Ihnen nachschikt, und Sie mit Briefen bestürmt!

Sch. Es ist wahr, aber dafür kann ich nicht!

H. Wie leid thut es mir, daß ich das Mädchen nicht bin, die in diesen Künsten so erfahren ist; ich würde mein Heil auch versuchen.

Sch. Schäkerinn! –

H. Dann könnte ich mich doch wenigstens vor Untreue sichern! –

Sch. Dies bedarfst du nicht, deine Schönheit sichert dich! –

H. Wir wollen sehen!

Sch. Schon wieder Grillen! Komm, ich will dich so lange küssen, bis du kein solch dummes Zeug mehr schwazzest! –

H. Und ich will Sie so lange bitten, bis Sie endlich aufhören mit Ihrem wilden Feuer auf ein schwaches Mädchen loszustürmen!

Sch. Verzeihung! Du weißt was ich für dich fühle! Ich möchte den sehen, der an deiner Seite kalt bliebe? –

H. Karl, nun ist es Zeit daß wir scheiden! –

Sch. Nicht doch; es ist so spät noch nicht als du meinst! –

H. Meinem Herzklopfen nach, muß es schon sehr spät seyn! –

Sch. O du Kindchen! Doch deine Winke sind mir Befehle! Ich gehe, und komme ein ander mal wieder! –

H. Bei Leibe nicht! Wenigstens nur nicht mehr bei der Nacht! –

Sch. Mädchen, du fantasierst! Wir dürfen uns ja beim Tage gar nicht sehen, hast du vergessen, daß deine Gebieterinn...

H. *(seufzend)* Ach ja, Sie haben recht! –

Sch. *(sich anschmiegend)* Hannchen darf ich bald wieder kommen? –

Hannchen war stumm.

Sch. *(dringend)* Darf ich bald wieder kommen?

H. Wie Sie mich nur so plagen können! –

Sch. Dieser Blik ist Antwort genug! Und dieser Kuß sei die Versicherung, daß ich in drei Tagen wieder bei dir bin! –

H. *(naif)* Erst in drei Tagen? –

Sch. *(etwas kalt)* Ja erst in drei Tagen! – Lebe wohl! Noch einen Kuß!

H. O und noch einen! – Und izt diesen ... und diesen... und nun gute Nacht!

Wer mahlt mir izt mit den Farben der Natur Hannchens Empfindungen? – Meine Feder ist zu schwach, meine Einbildungskraft zu stumpf! – Alles war stille um sie her, nur ihre gährenden Leidenschaften tobten! Alles schlief ruhig, nur sie träumte wachend! Alles war ungestört, nur sie wurde durch die lautesten Kämpfe ihrer Seele gefoltert; alle Herzen im ganzen Hause schlugen sanft und leise, nur das ihrige pochte wild und unbändig! – Jeder Busen ruhte fühllos, während der ihrige unbeschreibliche Qualen fühlte. Alle Augen waren trokken, nur die ihrigen schwammen in Thränen! – Unaussprechliches Entzükken durchirrte ihre glühende Fantasie, aber auch unerträgliche Bangigkeit schlug sie zu Boden! – Bald trat ihre Ehre auf und drohte ihrem Leichtsinn, bald erschien die Religion und warnte sie vor dem Laster, dann kam die Überlegung und stellte ihr die Zukunft fürchterlich dar; endlich schlich sich die Liebe hervor und zauberte mit allgewaltiger Macht alle diese Gründe hinweg! Sie dachte, und dachte, und am Ende war Karl doch der einzige und lezte Gedanke, der alle übrigen verdrängte! Das Mädchen schlich im Hause herum wie der Schatten an der Wand, in ihren Geschäften war sie langsam, mißmuthig, zerstreut, und wurde sich selbst und andern zur Last! – Sie hatte weder Ruhe noch Rast, weder Kopf noch Gegenwart des Geistes, immer war ihre unglükliche Leidenschaft das große Triebrad, um das sie sich drehte. Sie seufzte, wünschte so oft und so lange, daß sich jeder hätte erbarmen müssen, wenn er diesen Zustand auch nicht ganz gekannt hätte! »Aber warum kömmt Karl erst in drei Tagen wieder! – Sollte vielleicht eine Andere... ? – Ha, dann wäre mein Elend gränzenlos! – Ich kann ihn izt nicht mehr vergessen, und wenn es meine ganze Lebensglükseligkeit kostete!« – So sprach Hannchen oft Stundenlang mit sich selbst! – Und wer wird sie nicht bedauren, wer ihr nicht verzeihen? Das gute Mädchen hatte leider den rechten Zeitpunkt versäumt, diese Leidenschaft, von der sie bei ihrem Stand nie vortheilhafte Aussichten erwarten durfte, im ersten Keime zu erstikken. Es würde ihr Anfangs sehr leicht gewesen seyn, über eine Neigung zu siegen, die ihr endlich über den Kopf wuchs; nun war es zu späte, und sie war nicht Denkerinn genug, hatte zu wenig Erfahrung, zu seichte Grundsäzze, zu viel Eitelkeit und Leichtsinn, um izt noch Herr darüber zu werden! – Dieser Zustand mit allen seinen Unruhen gefiel ihr, sie hieng ihm so gar mit Behaglichkeit nach, die tödtlichste Langeweile würde ihr Loos geworden seyn, wenn sie sich ihm entrissen hätte! – Endlich schlichen die drei martervollen Tage vorüber, und der Zeitpunkt rükte wieder heran, der Karln zu Mädchen führen sollte! Ganz natürlich war das fühlende Mädchen durch drei Tage Entfernung noch feuriger geworden. Wie sehr der Schlaue seinen Vortheil verstand! – Möchten doch diese vielfältigen Kunstgriffe jungen Frauenzimmern zur Warnung, zum Beweis dienen, welche Schleichwege Jünglinge wählen, um ihre sträflichen Absichten zu erreichen! – Das gute Mädchen argwohnte freilich nichts böses; sie ruhte arglos und unschuldig in seinen Armen; nahm Küsse, gab Küsse, ohne etwas übles dabei zu denken, sprach immer noch von Ehre und Schonung, erwiederte nicht die geringste Vertraulichkeit, wies, so viel sie konnte, jede ab, die ihr zu gewissenlos schien; sträubte sich lange, lange mit unendlicher Fassung vor dem nahen Falle, und ihr ahndete nicht, daß ihre sterbende Tugend den lezten traurigen Kampf kämpfte! Ihr ahndete nicht, daß sie der Verführer mit frecher, vorsezlicher Zudringlichkeit immer mehr und mehr bestürmen, und daß sie selbst von Augenblik zu Augenblik schwächer werden würde! Ihr ahndete nicht, daß er ihre Sinnen blos zu diesem abscheulichen Zwekke mit Wein zu übertäuben suchte! Ihr ahndete nicht, daß er mit der ausgesonnensten Beredsamkeit, jede ihrer schwachen Einwendungen durch Moral des Lasters, und spizfündigen Wortkram zu verdrehen wußte! Ihr ahndete im Taumel ihrer Leidenschaft nicht, daß sie so nahe beim Fall war! Ach sie erröthete, strauchelte, und fiel! –

Engel beweinten zwar ihre gemordete Unschuld, aber sie war unersezlich verloren! Verloren für izt, und vielleicht für eine Ewigkeit! – Verloren vor Gott und vor den Menschen! – Mit ihr floh das gute Gewissen, die Ruhe, die Seligkeit und ihr Glük! Ihr guter Name und ihre Heiterkeit! Das Zutrauen zur Religion, und die Hoffnung auf ein Glük jenseits. Das Bewußtsein, und die Fassung; alles war auf einmal für die Unglükliche dahin! – Karl hatte sich bald nach diesem Schritt unter kahlen Ausreden entfernt! –

Da lag es nun auf der Erde, das blutrothe, mit Angstschweiß bedekte, entehrte Mädchen, schluchzte, knirschte mit den Zähnen, fluchte sich und ihrem Verführer, rang mit Vorwürfen, mit Entsezzen, krümmte sich wie ein zertretener Wurm, aber zu spät, zu spät für die arme Sünderinn! – Ihr Zustand war schröklich! – Zu wenig mit dem Laster bekannt, trug sie Zentnerschwer an diesem einzigen ersten Fehltritte! – Zu sehr überzeugt, was sie verscherzt hatte, war Höllenqual ihre Gesellschaft! – Und die Folgen? – »Jesus Kristus die Folgen!« – rief sie mit halb erstikter Stimme. O wie bebte, wie schauderte es der Armen bei diesem Gedanken! »Ich bin gebrandmarkt, und mit mir vielleicht noch ein Geschöpf! – Ich bin abgerißen, ausgestoßen von der menschlichen Gesellschaft; tugendhafte Mädchen werden die leichtsinnige Verbrecherinn anspeien! – Der

Neid wird die Zähne blökken, die Verläumdung mir jedes mitleidige Herz versperren, die Armuth mich unter ihr eisernes Joch drükken, und Karl? – Was wird der thun, für ein Mädchen, die er nicht mehr hochachten kann?« –

»Doch nein, dachte sie izt mit etwas mehr Ruhe, doch nein, Karl ist kein Böswicht, leichtsinnig kann er wohl seyn, aber nicht Schurke! – Warum sollte er mich verachten, da Liebe mich dahin führte? – Wie könnte er ein Mädchen, die ihre ganze Hoffnung auf ihn sezte, verstossen, verlassen? – Nimmermehr wird er seine Hanne dem Elende Preis geben, das ohne ihn ihrer wartet! – Gott, der Allerbarmer, wird mich um dieses einzigen Fehltritts willen, für den ich diese heißbrennenden Thränen weine, nicht so hart strafen! – Meine Mutter sagte ja oft, »Reue könnte den Allmächtigen versöhnen« Er wird auch mir verzeihen! – Aber wie ist mir? – Ich fühle mich so matt, so erschöpft, eine unbegreifliche Last drükt meine Augen – ich kann nicht mehr, ich muß mich aufs Bette legen!« – Mehr betäubt als schläfrig schlummerte die Unglükliche ein, die fürchterlichsten Träume kämpften mit ihrer gebeugten Seele! – Das Laster mit allen seinen scheußlichen Gestalten stand da vor ihren Augen! – Mit Wehmuth blikte sie auf ihre verscherzte Ehre, mit Entsezzen auf die verlorne Ruhe und Heiterkeit, die sie izt als das Eigenthum der Unschuld vermissen mußte! – Plözlich fuhr sie dann wieder aus dem Traume auf, und zitterte an Leib und Seele über die Zukunft! – Die Angst trieb sie aus dem Bette, sie trieb sie mit unbarmherzigen Geißelhieben rastlos hin und her! – Sie war in ihrer Gewissensunruhe vest überzeugt, aller Menschen Augen ruheten auf ihr, um das Geheimnis von ihrer Stirne zu lesen, das sie zu verbergen weder Muth noch Kraft hatte! – Zusammengedonnert schlug das entehrte Mädchen die Augen nieder, erröthete, wenn sie Jemand ansprach, fuhr zusammen, wenn man sie fragte, was ihr fehle? – Lange dauerte dieser schrökliche Zustand, bis sich endlich nach und nach die glühende Einbildungskraft etwas abkühlte, und sie ihn besser gewohnt wurde! – Karl hatte sie indessen nie wieder besucht! – Sie wünschte es im Anfange auch gar nicht, weil ihr vor der Schande graute, die ihrer im ersten Anblik wartete. Erst nachdem sich das wallende Blut in etwas gelegt hatte, sehnte sie sich wieder nach ihm. Aber es war nicht mehr Sehnsucht der Liebe, es war Bedürfnis der Lage, in der ihr ein Vertrauter so nöthig war. Doch auch diese

Art Sehnsucht wurde für sie zur Marter! - Sie konnte nicht begreifen, warum Karl sie floh; sie beurtheilte ihn nach sich, und schrieb dieses Betragen auf die Rechnung der Schamhaftigkeit, von der er vermuthlich auch hingerißen seyn würde. Gute Menschen sind in solchen Fällen immer ungläubig. - In dieser drükkenden Ungewißheit faßte sie oft den Entschluß an Karln zu schreiben, allein es blieb nur beim Willen, bis endlich der unglükselige, entscheidende Zeitpunkt heranrükte, in dem sie die Folgen ihres Vergehens fühlte! - O wie rang izt das Mädchen bei dieser Gewißheit mit der trostlosesten Verzweiflung! - Wie vest zielte ihre einzige, lezte Hoffnung auf Karln. Aber plözlich erhielt sie von ihm diesen Brief.

‹pre› Meine Beste! Sie werden sich über mein Ausbleiben nicht wenig wundern; aber wenn ich Ihnen die Gründe, die mich dazu verleiteten, anführe, mich dann gewiß entschuldigen. Es gab eine Zeit, wo ich Ihnen etwas von Liebe und Heurathen vorsagte; verzeihen Sie meiner wenigen Überlegung; ich versprach Ihnen etwas, was ich zu halten außer Stande bin. Mein Herz, das damalen anders fühlte als izt, läßt sich keine Gewalt anthun; ich würde Sie aus eben diesem Grunde nur unglüklich machen! Niemand ist Herr über seine Neigungen, sie kommen, und entfernen sich wieder, ohne daß man weiß, wie das Ding zugeht. Ein Gesicht das uns auffällt, eine neue Eroberung, die uns mehr Mühe kostet, Befriedigung des Ehrgeizes, belohnte Eitelkeit u. s. w. sind lauter Dinge, die der Zufall ins Spiel mischt, und die uns doch verleiten anders zu handeln, als die finstern, strengen Moralisten vorschreiben. Familienverhältniße rufen mich von hier weg, kann ich Ihnen in der Entfernung in etwas dienen, so befehlen Sie Ihrem ergebenen Freund Karl Schwammer.‹/pre›

»Ha, der Betrüger!« - Dies war der lezte dumpfe Laut, den das ohnmächtige Mädchen ausstieß! - Erst in wenigen Minuten kehrte sie wieder in ein Leben zurück, dem sie in der ersten Raserei fluchte! - Nun war sie erfüllt die dunkle Ahndung, die ihr oft selbst an Karls Busen die besten Freuden verbitterte! - »O ich bin verloren, ohne Rettung samt meinem Kinde verloren!« schluchzte das weinende Mädchen. - Der konvulsivische Schmerz gab ihr Stösse, daß ihr die Brust hätte zerspringen mögen! - Ihre Mine war verzerrt und starr ihre trüben Augen. Wehmüthig fieng sie dann wieder an: »Wer wird mich izt retten, wer mich vor Mangel schüzzen? - Keine

Freunde, keine Verwandte, keinen Karl mehr, und doch so gränzenlos unglüklich? – *(Wild)* Keinen Karl mehr? – Ha, der Böswicht konnte mich so hinabstossen ins Elend! Konnte mich so hinwerfen der Schande und der Verachtung, der Armnuth und dem Hohngelächter; konnte mich so hintergehen mit einem Herzen wie das meinige! – *(Dann griff sie entschlossen nach der Feder)* Ich will ihm antworten, er soll von mir Dinge hören, die er noch nie gehört hat! *(Izt springt sie auf)* Ohnmöglich! – Ich kann nichts zusammenbringen! – Es ist als ob mir der Kopf zerschlagen wäre! – Was soll ich ihm schreiben? – Wie soll ich ihm schreiben? – Warum soll ich ihm schreiben? – Vielleicht um sein Mitleiden zu erbetteln? – Nein, eher erwürge ich mich! – Um ihn zu seiner Pflicht zurük zu rufen? – Nicht doch; meine Mühe wird abprellen! – Um ihm Vorwürfe zu machen? – Richtig! – Das will ich, das verdient er! – Weg also Neigung auf einige Augenblikke; geraubte Ehre, mißbrauchte Güte kennen deine Stimme nicht mehr!« Das unglükliche, auf den höchsten Gipfel des Grams gebrachte Mädchen, sezte sich aufs neue hin zum Schreiben. Man verzeihe ihr den raschen Ton; beleidigte Liebe entflammt, und ist beredt! –

Ungeheuer!

Freilich wunderte ich mich eben so sehr über deine Entfernung, als du dich über diese Sprache wundern wirst! – Du kennst uns Weiber noch nicht genug; zügellose Wut bei Beleidigungen in der Liebe, ist uns eben so eigen, als sanfte Engelsgüte im Zutrauen, das mich ehmals an dich kettete! – Ja wohl, gab es eine Zeit, wo du mir von Liebe vorsagtest, nun ist aber auch die Zeit da, wo ich dir von Fluch vorsage! Verzeihen kann ich dir deine Verrätherei nicht, denn sie stürzt mich und noch ein schuldloses Geschöpf ins Elend! – Sie bringt mich und dein Kind vielleicht auf den Rabenstein! – Thue ja deinem Herzen keine Gewalt an, auch ich will das Meinige herausreißen, um die Gefühle mit Gewalt zu tödten, die darinnen noch für dich pochen könnten! – Weh uns allen; wenn wir da nicht Herr über unsere Neigungen seyn könnten, wo es darauf ankömmt, zwei Geschöpfe vor dem Fußtritt zu schonen, der ihnen nur von einem entehrten Böswichte zu Theil werden kann? – Von einem Böswichte, der, wie du sein Ohr mit falschen Grundsäzzen betäubt, sich leichtsinnig selbsten täuscht, um einen Meineid zu entschuldigen, den Gott mit all seiner Barmherzigkeit aus diesen selbstgemachten Grundsäzzen nicht entschuldigen kann! – Ich weis es, und andere unglükliche Mädchen wissen es mit mir, daß auf dieser Welt für unser Geschlecht keine Gerechtigkeit ist; wir müssen das Verbrechen, das ein anderer mit uns theilte, ganz und allein büßen! – Liebe immer deine neuen Gesichter, laufe jeder fremden Eroberung nach, befriedige deinen Ehrgeiz, sättige deine Eitelkeit, ich will indessen auf meine Kniee fallen, und Gott so lange bitten, bis sie wund werden, daß er nie wieder ein argloses Mädchen deiner Verführung überlasse, damit sie das unaussprechliche Schmerzgefühl nicht dulden möge, das ich izt fühle! – O Karl, einst von mir so warm, so feurig geliebter Karl; du kannst dein Hannchen so mißhandeln? – Nimm mich an, rette mich vor Schande und Verachtung, ich will dir so lange als Magd dienen, bis deine Liebe wieder zurükkehrt! Erbarme dich deines Kindes, erbarme dich seiner Mutter! – Nimmermehr lasse ich dich von hier weg, ich klammere mich an dich an, ich walze mich deinen Pferden unter die Füße; du sollst es bluten sehen das Opfer deines Leichtsinns! – Jünglinge, die ihr Gewißen in ähnlichen Fällen mit deinen Grundsäzzen schweigen machen, sollen beben und staunen über die kühne Mörderinn, die vor einem doppelten Mord nicht zurükschauderte! – Nicht an dir will ich mich rächen, o dazu ist mein Herz noch zu Liebetrunken, aber an mir und an deinem Kinde, noch immer geliebter Verbrecher! – Spotte nicht über den Ausbruch meiner Leidenschaften, lächle nicht nach eurer löblichen Gewohnheit über meine Drohungen! – Stell dich hin Betrüger, fühle an dein Herz, denke nach über die weit heftigeren weiblichen Gefühle! Denke nach über die Schwäche eines Mädchens, die ihre Schande und deine Untreue zu überleben weder Muth noch Willen hat! – Denke nach über das Gericht Gottes, bei dem ich und dein Kind dich einst wieder sehen werden! ...

Hanne.

Hannchen suchte izt Gelegenheit dem Treulosen diesen Brief in die Hände zu spielen, und fand sie, aber... zu spät! – Karl war schon nicht mehr in L... Dieser neue Donnerstreich schlug das ohnehin schwachnervichte Mädchen völlig zu Boden! – Er vollendete das

Maas ihres Unglüks, sie sank entkräftet aufs Krankenbett, auf dem sie mehrere Wochen so gefährlich liegen blieb, daß Jedermann an ihrem Aufkommen zweifelte! – Ihre Gebieterinn war eines von jenen Geschöpfen, denen es an Bildung und Gefühl fehlt, ihre Dienstleute, da wo sie es am meisten bedürfen, in Krankheiten, menschlich zu behandeln. Sie war zwar nicht geradezu boshaft, aber kalt, ohne Kultur und hochmüthig. Das kranke Hannchen wurde kaum ihrer Sorgfalt gewürdigt; sie hatte so gar Lust das Mädchen, aus dessen Krankheit niemand klug werden konnte, zu verstossen und in den Spital zu liefern! – Vielleicht würde es geschehen seyn, wenn Hännchens jugendliche Kräfte nicht gesiegt hätten, so, daß sie bald nach diesem Entschluße wieder das Bette verlassen konnte.

Ihre Einbildungskraft hatte sich während dieser Krankheit etwas abgespannt, ihre Nerven waren erschlafft, ihr Geist trübe und unthätig. Der kranke Körper wirkte auf die kranke Seele, und diese wieder auf jenen. Jene Heftigkeit, die sonst in volle Flammen aufpraßelte, glimmte izt nur noch unter der Asche! – Geheilt war die tiefe Wunde zwar nicht, aber der mildere Schmerz hinderte Hannchen nicht mehr an der Überlegung. Erst izt fühlte sie sich fähig zu einem Entschluße zu schreiten und Karln aufzusuchen. Die Hoffnung, diese Erzbetrügerinn der Unglüklichen, schlich sich nach und nach wieder in ihr Herz. »Wer weiß«, dachte Hannchen ganz leise, »wer weiß, wenn mich Karl sieht, sprechen und weinen hört, ob er dann nicht seine Gesinnungen ändert? – Er ist ja blos leichtsinnig, und noch immer einer Besserung fähig!« Leider! er war mehr als leichtsinnig, wenn schon Hannchen den vesten Entschluß faßte dem Ausreißer nachzureisen. Aber mit was diese weite Reise beginnen? – Wie sie aushalten, und vollenden? – Dies waren die wichtigen Fragen, die sich ihr als neue Hinderniße in den Weg warfen! – »In Gottes Namen« rief das unglükliche Mädchen, »aus mehreren Übeln muß man das Beste wählen!« Und sie trat die Reise zu Fuß entschlossen an. Hannchen verschwand aus L. ..., ohne daß eine Seele wußte, was aus ihr geworden sei. – Man raunte sich zwar eine Zeitlang über ihre plözliche Entfernung dieses und jenes ins Ohr; aber kein Mensch errieth die Absicht davon, und ehe zwei Monate vorbei strichen, war sie vergessen.

Wir wollen nun der armen Pilgerinn nacheilen, und ihre Schritte beobachten! – Sie hatte nichts bei sich als die Kleider am Leibe, und eine ganz geringe Baarschaft, die sie nicht einmal vor Hunger sicherte! – Ärmer als eine Bettlerinn schlich das todtblaße, abgezehrte Mädchen schüchtern auf der Landstraße hin, jedem, dem sie begegnete, zum Gegenstand der Verachtung. – Sie traf manchen Reisewagen an, dessen Ansehen Reichthum und Überfluß prophezeihte, allein seine Besizzer gaben sich nicht die Mühe mit ihr zu sprechen! – Es giebt der aufmerksamen Reisenden so wenige, die mit denkendem Forscherblik da in die Schiksale der Unglüklichen eindringen, wo der eingeschränkte Seitenblik des Pöbels nicht hinreicht; man weiß es ja aus Erfahrung, daß große Herren meistens blos reisen um zu verdauen, und Kaufleute um ihre Börse zu füllen! – Doch all dies Ungemach ertrug unsere Dulderinn mit Gelassenheit; sie erröthete zwar, wenn solche glükliche Menschen aus ihren glänzenden Behältnißen sich brüstend auf sie herabblikten, aber so rasch als der Wagen vorbeirollte, eben so geschwind verlor sich wieder das empörte Gefühl des beschämten Mädchens.

Nur Eines schmerzte sie weit ärger als dies, weit ärger als Mangel und Unbequemlichkeit, es war jenes unbarmherzige Vorurtheil, das sie in jedem Wirthshause bewillkommte, und dem zu Folge man sie für eine Landstreicherinn ansah. – Fuhrknechte, Handwerksbursche, habsüchtige Wirthsleute, all' dies saubere Völkchen bekleste sie mit den gewöhnlichen zügellosen Beschimpfungen des Pöbels. Einige zeigten Lust sie zu verkuppeln, andere mißhandelten sie auf eine andere Weise, kurz unter unzähligen Thränen erreichte sie Karls Vaterstadt! – Die Dämmerung fieng so eben an, ihren Schleier auszubreiten, Hannchens Geld war bis auf den lezten Kreuzer aufgezehrt, sie wagte es eben darum nicht in einem Wirthshause einzukehren, und zog muthlos, müde von einer Gasse, in die andere, bis sie endlich vor einem armseligen Hüttchen eine Bank erblikte, auf die sie sich zum Ausruhen hinsezte. Eine Thräne schlug die andere, ein Seufzer trieb den andern! –

Szene in der Hütte
(Ein altes Mütterchen sizt schwermüthig am Tische)

Mein Beichtvater mag sagen was er will, aber ich kann eben meine Lene ewig nicht vergessen! – Gerade heute sind es zwei Monate, daß sie die Henkersknechte von meinem Herzen wegrißen, und auf den Rabenstein schleppten! – *(weint)* Ach Gott, wer hätte dies denken sollen! Sie war sonst immer ein so herzgutes, frommes Kind, hat Tag und Nacht gearbeitet, um mich zu ernähren, bis der Verführer kam, und sie zu Falle brachte! – Aber hätte sie doch nur den armen kleinen Wurm nicht erwürgt! – O die bösen Nachbarsleute, daß sie ihr auch in Kopf sezzen mußten, sie käme, wenn ihre Schwangerschaft kund würde, ins Zuchthauß! – *(weint heftiger)* Herr Jesus, ich darf gar nicht daran denken, wie mir war, als wir sie im Keller neben dem ermordeten Kinde fanden! O Lene, liebe Lene, wenns nur nicht wahr ist, was die Leute von dir sagen, wenn du nur auch selig bist! – Ich will ja gerne Tag und Nacht für dich beten, wenns nur nicht wahr ist, daß du alle Nacht seufzend um mein Hüttchen herum wandelst! *(Fährt auf)* Horch! – Ein dumpfer Seufzer! Von der Hausthüre her! Jesus Kristus, es ist wirklich wahr!... Stille!... Noch einer!... Wieder einer! – *(Fällt auf die Kniee)* Barmherziger Gott im Himmel sei ihrer armen Seele gnädig! – Ha, wie ist mir? *(Weint laut)* Armes Kind, also hier und dort unglükselig! – Das ist schröklich! – *(Rafft sich auf)* Ich will sie sehen, ich muß sie sehen, vielleicht... *(Schaudert zurük)* Hu, mich friert, ich kann nicht von der Stelle! Aber soll ich sie leiden lassen, und nicht wißen mit was ihr zu helfen ist? – Jesus! Jesus! Sie seufzt schon wieder! – *(Wankt gegen die Thüre)* Alle gute Geister... hu, ich kann nicht! ... Bin ich aber nicht Mutter, habe ich sie nicht gebohren? Wer wird sie erlösen, wenn ich es nicht thue? – Allmächtiger Gott, nun spricht sie gar: »Mutter, erbarme dich meiner!« – Ja Lene, ich komme, ich komme! – *(Reißt die Thüre mit Gewalt auf)* Jesus Kristus, sie ists! *(Sinkt ohnmächtig zurük)*

Vor der Thüre

Hannchen *(springt zu ihr hin)* Um Gottes willen Frau, was ist Euch! – Erholt Euch doch! Kommt wieder zu Euch selbst!

Die Alte *(richtet sich ein bischen auf und fährt wieder zurük)* Hu, hu, wie der armen Seele ihre Hände brennen! –

Hannchen. Mir ist todtbang! – Liebe Frau wacht doch auf, Ihr seht mich für was Unrechtes an, ich bin kein Geist! –

D. A. *(Erholt sich)* Nicht? – Du bist also nicht meine verstorbene Lene? –

H. Nein, ich bin eine unglükliche Fremde! –

D. A. *(weint)* Unglüklich bist du? – O dann komm' in meine Arme, ich bin es auch! –

H. Ach seid barmherzig, nehmt mich auf, nur so lang bis sich mein Schiksal ändert! –

D. A. Ei warum denn nicht, wir sind ja einander Treue und Glauben schuldig! – Komm' in meine Hütte, ich brauche Erholung; der Athem wird mir schwer! –

In der Hütte

D. A. Sezzen Sie sich, Mamsell, und nehmen Sie mit meiner Armuth vorlieb! – H. *(fällt ihr um den Hals)* O liebe Frau, nicht Sie will ich heissen! – Ich bitte Euch um das vertrauliche Du, wir sind ja, so viel ich höre, durch Unglük verwandt! –

D. A. Ach ja wohl sind wir es! – Ich möchte mich todt weinen, ist es mir doch gerade als ob mir meine Lene am Hals hienge! –

H. Ihr müßt Eure Lene recht lieb gehabt haben?

D. A. Das hatt' ich! Das hatt' ich! Und izt noch kann ich sie nicht vergessen! *(weint)*

H. Ich glaub' es Euch gerne! – Übrigens sind die Todten doch oft glüklicher, als die Lebendigen! –

D. A. Kind, wenn das wahr wäre, dann wollte ich mich gerne in den Willen Gottes schikken! – Aber sie ist als Kindsmörderinn gestorben!

H. *(fährt zusammen)* Kindsmörderinn? Das ist freilich ein gräßliches Verbrechen! – Und doch...

D. A. Und doch hat es meine Lene gewiß nicht mit Vorsaz gethan! – Wenn mir das Jemand behaupten wollte, ich könnte ihm ins Gesicht schlagen! Meine Lene hat von Jugend auf keiner Fliege was zu Leide gethan! – Aber da haben ihr unsere Nachbarn eine solche Angst eingejagt, daß sie in der Verzweiflung hergieng, und das Kind umbrachte! – Natürlich trieb der Böse auch sein Spiel dabei! –

H. *(ängstlich)* Werden hier schwangere Mädchen hart gestraft? –

D. A. Auf das allergeringste mit dem Zuchthaus! – Und die Strafe müssen sie noch obendrein bezahlen.[1]

H. Gott, ich bin verloren, wenn Karl sich meiner nicht annimmt!

D. A. *(bedeutend)* Kind, Kind, mit dir ist es gewis auch nicht richtig! –

H. Ach!!! –

D. A. Nur heraus mit der Sprache! – Vor mir hast du dich nicht zu fürchten! – Bist du etwa ...?

H. Ja ich bins! – Eins, von einem hiesigen Betrüger! –

D. A. Von einem hiesigen? Ei! –

H. O laßt mich nur so lange bei Euch bleiben; bis ich weiß, wie er denkt! –

D. A. *(gerührt)* Nun ja, wer wollte dich denn verstossen armes Mädchen? – Ich würde mir wahrhaftig ein Gewißen daraus machen, mich deiner in diesen Umständen nicht anzunehmen. Die bösen Nachbarsmäuler werden zwar wieder allerlei schwazzen, aber der dort am Kreuz, wird sich deiner und meiner erbarmen! –

H. Das wird er! – Das wird er! –

D. A. Wieder auf das Vorige zu kommen, wie heißt denn dein Verführer? – Vielleicht kenn' ich ihn! –

H. Er heißt Karl Schwammer. Sein Vater ist hier Hofrath. –

D. A. Was, der vornehme junge Herr aus dem Hause, worinnen ich Wascherinn bin? Der noch nicht gar zu lange hier ist? –

H. Ich denke es ist allen Umständen nach der nämliche! –

D. A. O ganz gewiß! – Ganz gewiß! – Kind, dann bedaure ich Sie! – Er hat hier nicht das beste Lob, man hält ihn für einen Luftpassaschier! – Viele wollen gar behaupten, er hätte schon mehrere kleine Würmchen herumlaufen, die er weniger achte als seine Hunde! – Deswegen sei er auch das leztemal bei Nacht und Nebel fort! – Da-

---

[1] Heilige Gerechtigkeit, also auch in diesem Lande strafst du die erste Schwachheit eines Mädchens, um sie mit Gewalt zu größern Verbrechen hinzureißen? –

ran sind aber freilich - verzeih' mirs Gott - seine Ältern Schuld, sie haben ihm in der Jugend alles gethan, was er gewollt hat, und izt halten sie ihn strenge! -

H. *(für sich)* Daß doch auch die besten alten Weiber schwazzen müssen!

D.A. Liebes Mamsellchen, Sie darf deswegen nicht auf die Seite schauen, ich meine das Ding nicht so bös, als Sie vielleicht glaubt. Aber unser eins kennt die Welt, und hat auch ein bischen Erfahrung. Meiner Lene gieng es gerade so, sie hat sich auch mit einem Vornehmen eingelassen, der den Hut aufsezte, und mir und dir nichts davon gieng! - Es kehrt sich bei mir immer alles im Leibe um, wenn der Lumpenkerl mir begegnet, der hernach alles läugnete, und... *(weint wieder laut)* mich arme Wittwe um mein einziges Kind brachte! - Sag mir nur Niemand nichts von vornehmen Leuten, unser eins zieht bei ihnen immer den Kürzern! -

H. Liebes Weib, Ihr macht mir äußerst bange!

D.A. Gott bewahre, das war meine Absicht nicht! Aber wovon das Herz voll ist, von dem spricht der Mund! Doch lassen wirs jezt gut seyn! Sie schreibt morgen ein paar Zeilen, und ich trage es ihm ins Haus! - Jezt komm, liebe Tochter, du bist matt und müde, da zieh' diese Pantoffeln an, und leg deine Füße zum Ausruhen auf die Bank! - Ich habe noch ein bischen warme Suppe beim Feuer, du sollst sie gleich haben, und dann legst du dich in meiner Lene Bett. Ach ich bin seit sie todt ist, gar nicht einmal mehr in ihrer Kammer gewesen!

H. Gott soll's Euch lohnen, liebes Weib! ich kanns nicht!

D.A. Schweig doch gutes Kind, dein Blik drükt mir's Herz ab! - Aber ich habe dich noch nicht einmal um deinen Namen gefragt? -

H. Ich heiße Hanne! -

D.A. So, so! - O Schade, daß du nicht Lene heißt! -

H. Ach, ich will Euch ja eben so treu lieben als Eure Lene! -

D.A. *(freudig)* Willst du das? - Willst du das? - Komm, laß dich küssen, du liebes Mädchen du! - Nun wollen wir noch mit einander beten, und dann zur Ruhe gehen!

Und sie giengen! – Aber Hannchen nicht um zu schlafen, sondern um sich unter der Last einer endlosen Gedankenreihe unruhig im Bette hin und her zu walzen! Bald erschien ihr Karl als Vater und Gatte, wie er reuvoll in ihre Arme stürzte! – Dann sah sie ihn wieder als ein Ungeheuer, wie er sie von sich stieß, und alles wegläugnete! – Trocken, starr und offen waren noch ihre Augen, als der Tag schon zu dämmern anfieng! In einer langen schlaflosen Nacht entschied sie nichts weiter, als daß die Alte jenen Brief mit einer kleinen hinzugefügten Anmerkung ihrem Karl hintragen müsse, der ihn in L... verfehlt hatte! – Indessen schlich unser treuherziges Mütterchen auf den Zehen der Kammer zu, lauschte, und fand Hannchen wach! Dann wurde gefrühstükt, der Brief zu Karln getragen, und hier die Antwort: –

»Hannchen!

Unverzeihlich, ist die Tollheit, mir in fremde Länder nachzureisen! Wenn es je mit deiner Schwangerschaft Grund hat, so erlauben weder Umstände noch Lage, mich öffentlich als den Vater zu bekennen. Alles, was ich für dich thun kann, besteht darinnen, daß ich dir hiemit für alles und alles eine kleine Summe Geldes zu Bestreitung der nöthigsten Unkosten schikke. Damit dich aber ja nie wieder die Lust anwandle, meine Ohren mit Vorwürfen zu kränken, so wisse, daß ich in wenig Stunden von hier abreise.

Karl Schwammer.«

Die Hütte
Hannchen. Die Alte

D.A. *(keuchend)* Laß mich nur zuerst Athem schöpfen! Ich bin vor Freuden ausser mir! O der brafe, junge Herr, wie freundlich er war! Da sieh' einmal her, ein Brief mit Geld! – H. *(ahndungsvoll)* Mit Geld?

D.A. Ja, ja, mit Geld!

H. *(liest)*

D.A. *(hastig)* Jesus, du wirst blaß! Um Gottes willen was steht in dem Wisch? Du zitterst! – Hannchen, was ist dir?

H. *(mit stumpfer Fühllosigkeit)* Nichts! Gar nichts! – *(bitter lächelnd)* Er hat mich ja grosmüthig abgefertigt, wie man jede feile Buhlerinn abfertigt! – *(Besieht das Geld)* Für dich also habe ich meine Ehre, meine Gesundheit, meinen guten Namen, meine Ruhe, meine Seligkeit verkauft? – Ein sparsamer Zehrpfenning in die Ewigkeit, man sagt die Reise sei weit! – Und doch ein großer Schaz; er kömmt aus Karls Händen! Aus den Händen Karls? – *(Wirft das Geld weg)* Pfui, ich will nichts von ihm, als meine Ehre, und meine Ruhe!... Ruhe? Ruhe haben nur die abgeschiedenen Seelen, das Laster hat sie von mir verdrängt! –

D.A. Herr Gott im Himmel; sie ist ausser sich! –

H. In jener Welt mags wohl besser gehen, wenn der Weg dahin schon mit Dornen besezt ist! Bluten ja doch meine Füße von der weiten Reise auch noch! – Auch mein Herz blutet; vielleicht auch einst noch, wenn die schöne Herrgottssonne wieder den Rabenstein vergoldet, mein Kopf!

D.A. *(äußerst ängstlich)* Jesus! – Sie spricht gerade so wie meine unglükselige Lene gesprochen hat! – Wenn ich nur wüßte, was ich mit ihr anfangen soll?

H. *(mit starrem Blikke)* Die Menschen verdammen leicht, aber sie wissen oft nicht wen? Sie verdammen gern, aber nur sich selbst nicht! Der Unschuldskranz hat schöne Rosen, wenn nur die Klauen nicht so häufig, und nicht so scharf wären, die ihn zu zerreißen drohen! – Einst war ich auch schuldlos, dachte weder an Raubvögel, noch an Schlangen, bis mir die einen die Augen aushakten, und die andern sich in mein offnes Herz schlichen! –

D.A. Nun ist es wahrhaftig Zeit, ich muß sie aufwekken! – Hannchen, Hannchen, komm doch wieder zu dir selbst! –

H. (fährt auf} Wer ruft? Seid Ihr es trautes Weib? – *(stürzt laut schluchzend an ihren Busen)* O laßt mich weinen, bis meine Augen vertroknen! –

D.A. *(wehmüthig)* Wein' immer, liebes Kind, ich will ja gerne mit dir weinen! Aber denk' auch an Gott, und an deine Seligkeit!

H. Mutter, ohne diesen Gedanken wäre ich lange nicht mehr! –

D.A. Der Allmächtige behüte dich ferner vor dergleichen sünd-haften Anwandlungen! – Nimm dir ein Beispiel an meiner Lene! Wolltest du mich zum zweitenmal so unglüklich machen? –

H. Nein, das will ich nicht! Aber ich bitte Euch, weint izt nicht mehr, ich kanns nicht aushalten! –

D.A. (gutherzig) Ach ich will ja gerne ruhig seyn, sei du es nur auch! Sieh' es sind denn doch noch nicht alle Strikke zerrißen! Was schrieb er dir denn?

H. Was er schrieb? Hm, da leset den Brief selbst! – D.A. (geschäf-tig) Den Augenblik! Den Augenblik, ich suche nur meine Brille! Ah, da ist sie! (Liest) Hm, hm, (legt den Brief weg) das ist nun freilich zu arg! – Aber doch noch lange nicht so arg, als es meiner Lene gekocht wurde! Sieh' Hannchen, du bekömmst doch immer so viel Geld um die Strafe zu bezahlen, und daß du nicht ins Zuchthaus darfst, dafür wird er um seiner Familie willen schon Sorge tragen, wenn du ihn bei der Geburt als Vater angiebst! –

H. (feurig) Nimmermehr! – Nie werde ich mich so rächen! Er würde durch mein Geständniß seinen Ältern noch verhaßter, und ich gewänne nichts dabei, als neue Verfolgungen! Meinem Kinde, dem er izt ohnehin schon jede Unterstüzzung versagt, kann es in der Zukunft gleichgültig seyn, wer sein Vater ist!

D.A. (zukt die Achseln) Wie du meinst! Aber das Gewißen? –

H. Ich gehe von meinem Entschluße nicht ab, ich will beßer han-deln als er! –

D.A. Das ist in der That schön! Weißt du was Kind, du bleibst izt bis zu deiner Niederkunft bei mir, hilfst mir waschen, Gott wird uns durchhelfen, und dann auch für dein Kind sorgen!

Was blieb nun dem Mädchen übrig als diesen Vorschlag anzu-nehmen? Übrigens bestand ihre jezzige Lebensart darinnen, daß sie von der düstersten Schwermuth übermannt, sehr wenig sprach, selten unter die Leute gieng, Tage und Nächte hindurch weinte, arbeitete so viel es ihre Kräften erlaubten, und dies war alles, was sich von ihrem Betragen sagen läßt. Unser altes Mütterchen säumte indessen nicht sie zu kosen, zu streicheln, ihr Geisterhistörchen zu erzählen, und aus Furcht, sie möchte es etwa machen wie ihre Lene, sie recht sorgfältig zu bewachen. O sie meinte es so gut, so herzlich mit Hannchen, daß diese aus Dankbarkeit sich entschloß, die biedere Alte ewig nie wieder zu verlassen.

Schade nur, daß oft die besten Entschlüsse scheitern, ehe sie reif sind! Hannchens Aufenthalt und ihre Schwangerschaft wurde jezt immer lauter; schon fieng die Verläumdung an ihre Zähne zu blökken, schon nekten die Nachbarsleute die zwo guten Seelen, wo sie konnten, man schrie die Alte für eine Kupplerinn, Hannchen für eine feile Dirne aus! – So wird nur zu oft von den Menschen blos vom Hörensagen die reinste Tugend gelästert! – Unter hundert Zuhörern fällt es kaum Einem bei, an der Verläumdung zu zweifeln! Sie eilt dann wohlbehalten, mit Zusäzzen bereichert von Ohr zu Ohr, um die Unschuld zu begeifern! – Ha, wenn doch auch nur einmal dies so allgemeine Laster aus der menschlichen Gesellschaft gerottet würde!

Verläumdung, unbesonnene Weiberklatscherei war es, die endlich bis zu den Ohren der Polizei drang, welche dann ganz natürlich auf Hannchen aufmerksam wurde. Das Mädchen ward izt vor Gericht gefordert, ängstlich pochte ihr Herz, die Frucht im Leibe zitterte! – Man begegnete ihr wie man solchen Unglüklichen gewöhnlich begegnet, kalt und fühllos. Auf der Stelle mußte sie die Strafe bezahlen, mit dem Zuchthause wurde sie zwar verschont, doch nur mit dem ausdrüklichen Befehl, gleich nach dem Wochenbette diesen Winkelaufenthalt zu verlassen! –

Wer war trauriger hierüber als das gute alte Mütterchen! Es brach ihr beinahe das Herz! Endlich erschien die Stunde der Angst, in welcher Hannchen der Welt ein Mädchen schenkte, mit dem sie die Zahl der Unglüklichen vermehrte! Kindisch, und froh tändelte izt das alte Weib mit dem neugebohrnen Kinde, sorgfältig wurde es geschaukelt, gepflegt! – Selbst Hannchen vergaß über den Mutterfreuden Schande und Zukunft! – Das Vorurtheil mußte der Natur weichen! – Wie traurig war es für diese durch die engsten Seelenbande gekettete Familie, daß ihr eine so nahe Trennung bevorstand! – Thränend übergab Hannchen der Alten die kleine Lotte, und mit wehmüthigem Schluchzen empfieng sie die Pflegemutter. Mehr gezwungen als freiwillig trat die Unglükliche dann in einen bürgerlichen Dienst.

Doch unmöglich war es der guten Alten ihren Verlust zu ertragen! Sie schlich gebeugt herum, als ob sie in diesem freudenlosen Zustande den Tod suchte. Auch der drükkende Mangel fand sich durch Hannchens Abwesenheit bald wieder bei ihr ein. Zum Arbeiten zu entkräftet, zum Betteln zu honnet, darbte sie izt mehr als jemals. Indessen war sie edel genug, ihrem Liebling Hannchen nie etwas von allem diesem merken zu lassen, so sehr auch der Brodkummer endlich ihre Gesundheit untergrub! Lange konnte es mit dem geschwächten Körper nicht mehr dauren; der Druk des Schiksals beugte ihn dem Grabe zu, und in wenig Monaten eilte die Edle von Engeln begleitet in die Ewigkeit über! –

Was für neuer unaussprechlicher Kummer für Hannchen! – Wohin nun mit dem Kinde, wie das Geld zu seiner Verpflegung auftreiben? – Ehmals theilte das Weib den lezten Bissen mit der kleinen Lotte, und überhob sie dieser drükkenden Sorge: nun war sie gezwungen, fremde Leute zu suchen. Nach langem Suchen fand sie endlich welche, aber es waren elende Pöbelseelen, welche die Unglükliche blos darum drükten, weil sie wußten, daß sie ihr Kind sonst nirgends in die Kost bringen konnte, da die Sache eilte. Ein häßlicher, schmuzziger, niederträchtiger Beweggrund! Und doch giebt es Menschen, die sich nicht schämen aus diesem schändlichen Beweggrund den Unglüklichen da am meisten zu pressen, wo er am ersten Schonung bedürfte. O Pöbel, Pöbel! Du magst nun in Fezzen oder in Seide stekken, zu welcher Unmenschlichkeit bist du aus Eigennuz aufgelegt! – Nicht als ob es unter gemeinen Leuten nicht auch gute Menschen gäbe; das Gegentheil beweißt uns das verklärte alte Weib, aber sie ist auch eine Perle, die unter dem Morast stak, und die der Zufall ans Licht brachte. Ich heiße nur das gemein, was sich durch niedere Denkungsart gemein macht. Weder Geburt, noch Kleidung adelt, aber Herz, Kopf, und Denkungsart. –

Genug, Hannchen mußte und übergab ihr Kind diesen unverschämt eigennüzzigen Leuten, die Tag und Nacht an ihr sogen, denen sie den lezten Fezzen Kleidung, den lezten Pfenning, so gar den lezten Bissen Brod aus dem Munde aufopfern mußte. – Aber der gute Wille half nichts! Dies unersättliche Pöbelvolk wurde da, wo edle Menschen dankbar werden, immer frecher, zudringlicher und unverschämter. Da wo es was zu ertrozzen, zu zwakken giebt, verläugnet der Pöbel seine Natur nicht. Diese Elenden verlangten mit Ungestümm, wenn es sonst nicht gieng; drohten das Kind zu verstossen; kurz Hannchen wurde bis zur himmelschreienden Sünde geängstigt, gequält. Nun kam noch der Umstand hinzu, daß sie für einige Monate das Kostgeld schuldig war, daß sie keinen Freund, keine Verwandten, keine Seele hatte, der ihr diese kleine Summe vorstrekte. Welch' eine eiserne Nothwendigkeit peinigte diese Unglükliche! –

Doch dies war noch nicht die ganze Last ihres Unglüks. Die Leute, bei denen sie diente, behandelten sie eben so unmenschlich. – Sie mußte die niedrigste Magdarbeit verrichten, wurde gemartert, wie böse Menschen einen Hund martern, wenn ihn das Ungefähr in den Weg führt! – Das Mädchen glich keinem lebenden Menschen mehr, sie glich einem Gerippe! – Schröklich waren die mütterlichen Kämpfe, die bei dem Gedanken an das darbende Kind in ihrem Herzen tobten! Die lokkeren Pöbelseelen, bei welchen ihr Kind in der Kost war, verzehrten oft in einer Stunde, was für drei Tage hinlänglich gewesen wäre, und gaben der kleinen Lotte kaum so viel, um nicht Hungers zu sterben. Man ließ das Kind beinahe im Koth erstikken, benüzte die Leinwand, die Hannchen von ihren Hemden hergab, für sich, oder verkaufte sie zum lokkern Schmause. – Dies alles wußte Hannchen, aber o Gott, sie konnte es nicht ändern! –

Man denke sich lebhaft in die Gefühle einer Mutter hinein, die ihr innig geliebtes Kind, das Pfand ihrer Liebe so verderben sehen muß, ohne ihm helfen zu können. – Verzweiflung wütete in ihrem empörten Busen, Raserei übertäubte ihre Grundsäzze: Noth bricht Eisen, sprach sie, und mit wahnsinniger Gebärde, ... o Leserinnen schaudern Sie! strekte sie ihre zitternde Hand aus, um einige Stükken Leinwand für ihr Kind zu entwenden. – Sie bebte ein... zwei... dreimal zurük – warf sich auf die Kniee, bat Gott um Verzeihung! ... Aber... ach, nakkend und hungrig sah sie in der Fantasie ihr Kind vor ihr liegen, sprang wieder auf, und wagte es endlich. – Es waren zwar nur Kleinigkeiten, die sie nach und nach in diesem Hause, wo der lebendige Geiz wohnte, unter den fürchterlichsten Kämpfen wegnahm; doch die Unglükliche wurde entdekt, ins Gefängniß geworfen und als Diebinn angeklagt. O die Unmenschen, bei denen sie diente; daß sie dies Mädchen voll herrlichen Gefühls um den Werth von zwanzig Gulden aufs Schaffot liefern konnten! Wer die strengen französischen Kriminalgesezze kennt, wo der geringste

Hausdiebstahl mit dem Tode bestraft wird, der wird sich hierüber nicht wundern. – Und ihre Herrschaft wußte dies? – Wußte es, und konnte sich mit Hannchens Blute besudeln! So macht der Geiz Menschen zu Kannibalen! –

Das ganze Städtchen ertönte izt von dieser schröklichen Geschichte. – Der größte Theil brummte über die Abscheulichen, die sie angeben konnten. Hannchen war beim Publikum nicht verkannt, es schäzte und liebte sie, selbst die Lästerzungen mußten verstummen. – Beinahe Jedermann entschuldigte dies Verbrechen, so viel es Menschenfreunde entschuldigen können. – Mutterliebe und Noth waren die schroffen Felsen, an denen ihre Redlichkeit gescheitert war. – Auch die Richter untersuchten die Sache, Troz Hannchens Geständnis, mit der möglichsten Schonung.[2] Sie drangen, da sie von Karls Bekanntschaft Winke hatten, besonders auf diesen Umstand; in der Hoffnung, seine Familie würde ihr dann nach diesem Geständniße beim König Gnade erflehen. Umsonst, Hannchen läugnete den Vater des Kindes eben so standhaft als bei der Geburt. – Mädchen, Mädchen, was für ein Herz schlägt in dir! – Um Karln und seine Familie vor der Schande zu schonen, wählte sie lieber den Tod. – Nur eine Bitte mußten ihr die Richter noch gewähren, sie wollte ihr Kind noch einmal sehen, noch einmal an ihr Herz drükken! –

Gefängniß
(Hannchen sizt in betäubter Ruhe)

Das war wieder eine lange Nacht! – Ob die Ewigkeit wohl auch so lang seyn wird? Nicht doch, für Reuvolle, die ihre Fehler hier schon abbüssen, kann sie ohnmöglich so lang seyn. Die Menschen mögen behaupten was sie wollen, dort ist gewiß besser leben, als hier! Gott richtet das Herz, und nicht wie die Menschen die Handlungen nach dem Schein. – Ha, wie ich mich freue, ich werde das gute alte Mütterchen jenseits wieder sehen! – Ich werde auch Karln wieder finden! – (*springt auf*) Den Bösewicht wieder finden, der mein Kind zur Waise, und mich zur Diebinn machte? – Wegen dessen ich unter Henkershänden bluten muß für das gemeinschaftliche

---

[2] Selten genug thun sie dies! Ihre Herzen sind oft eben so steif als ihre Perukken.

Verbrechen? O Gott, strafe mich hier, nur dort nicht durch seinen Schlangenblik! –

Schwelge nur fort in den Armen einer Andern, verrätherischer Wüstling! Morde nur fort die Unschuld einer andern Bösewicht, bald werde ich vertilgt seyn aus der Liste der Lebendigen, um dich als Gespenst zu verfolgen! – Weh mir! Welch ein häßlicher Gedanke, meiner ganz unwürdig! – (*gerührt*) Ich konnte über seine Verrätherei schweigen – ich kann auch dulden! – Stille, bringt man mir meine Lotte noch nicht? – Lange habe ich sie nicht mehr gesehen, ich sehne mich nach ihr, um so mehr, da es in kurzer Zeit vielleicht mit mir enden wird. – Die Menschen sagen zwar, wenn es Ernst sei, so stürbe Niemand gern, dies mag nur die treffen, die noch was zu hoffen haben, mich nicht. – Nur die Todesangst! – Ha, wie wird mich die zermalmen! – O mein Kind! – Mein Kind! – (*Reißt es dem Kerkermeister, der es bringt, aus den Armen*)

Kerkermeister. Nu, nu, nur nicht so rasch! – Thut Sie doch mein Seel so hastig als ob die Kinder in unsern Zeiten was rar's wären. Ho, ho, geh Sie fein hübsch glimpflich damit um, Sie erdrükts ja fast! – Die Leute haben hol mich Gott recht, wenn sie behaupten, dergleichen Kinder gerathen besser als andere! Das Kind ist zwar nicht wohl bei Leib, aber so gescheid wie 'n Advokat. – Wenns einmal reden kann, dann wird's erst seine schönen Gukkelchen herumwirbeln!

Hannchen (*mit freudigem Bewußtseyn*) Gottes Segen ruht auf ihm, sonst wäre es längst nicht mehr!

K. Mit dem Gottes Segen ists eben nicht so richtig, wie Sie meint. Dergleichen Kinder werden ja in der Sünde empfangen und gebohren!

H. (*vertieft*) Wenn ich dir nur die Züge deines Vaters aus deinem Gesicht tilgen könnte! Noch einmal so lieb hätt' ich dich!

K. Mit Verlaub, das wäre wohl nicht möglich, denn Sie küßts ja über und über.

H. (*hört ihn nicht*) Wenn du mich nur nicht überleben müßtest!

K. Hm, wird auch schon dafür gesorgt werden.

H. Was wird einst aus dir werden, auch eine Verbrecherinn, wie deine Mutter?

K. Das wollen wir nicht hoffen!

H. (*erwachend*) Was brummt Ihr da?

K. Nichts! – Ich sprach so für mich selbst in den Bart hinein.

H. (*wild*) Wie dieser Mann mit seinem vernagelten Herzen, kalt wie Eis, da steht, und meine Leiden angafft!

K. Hör' Sie, so darf Sie mir nicht kommen! – Ich bin, hol mich dieser und jener zwanzig Jahr' auf diesem Posten, habe vornehme und gemeine Schelmen bedient, hab' manchen helfen, wie es recht und gerecht ist, aus der Welt liefern, aber so naseweis ist mir keiner begegnet wie Sie. – Mein'thalb kann Sie's den Herrn wieder sagen, ich fordere Respekt; unser eins läßt sich nicht auf der Nase herumtanzen. – Glaubt Sie denn daß ich...

Hannchen. Kerkermeister. Röschen seine Tochter (*ungefähr neun Jahr alt*)

Röschen (*eilig*). Vater! Vater! Kommt doch gleich hinunter, der Vetter vom Land hat ein ganzes Fäßchen voll Wein, und auch Kuchen geschikt.

Kerkermstr. Geschikt?

Röschen. Nun ja doch! – Aber geht nur geschwind, der Kerl verlangt ein Trinkgeld. –

Kerkerm. Ein Trinkgeld? – Daß ihn der Henker hol', ich habe je gerade keinen Pfenning!

Hannchen. Da nehmt hin! – Gestern gab mir die Dame etwas, die mich besuchte. Ich werde es wohl nicht mehr brauchen, und mein Kind auch nicht.

Kerkerm. (*für sich*) Es ist doch eine gute Närrinn! – (*laut*) Schön Dank, schön Dank, eine Hand wascht die andere! – Röschen, du bleibst hier, und wenn du mir von der Stelle gehst, dann sezt es was ab, hörst du?

Hannchen. Röschen

Hannchen (*für sich*). Daß doch der Eigennuz, diese mächtige Triebfeder, die meisten Menschenhandlungen leitet! – Was hab' ich nun diesem Manne gethan, daß er mich in der Stunde des Todes noch martert?

Röschen. Liebe Jungfer! H. (*fährt auf*) Was giebts?

R. Ich möchte ...

H. Was willst du Kleine?

R. Aber wenn es nur der Vater nicht erführe ...

H. Nun?

R. Ein bischen auf die Gasse. – Meine Kameradinnen warten, und der Vater bleibt izt beim Tisch sizzen, bis er nichts mehr hört und sieht. – Ehe er zurükkehrt bin ich lange wieder da.

H. (*zerstreut*) Du willst fort? – Nun ja so gehe ... Nein bleibe ... (*Rasch*) Nicht doch gehe, du thust mir einen Gefallen! –

R. (*hüpft fort*) Ju he, auf die Gasse – Auf die Gasse!

(Hannchen mit ihrem Kind allein)

Ha, mir ists, deucht mich, doch leichter, daß die lästigen Zeugen fort sind! – Nun kann ich dich, Kind des Kummers freier an mein Herz drükken! – Lächle nur, lange wirst du deiner Mutter nicht mehr lächeln! – Zupfe nur zu, mit deinen kleinen Händen an einem Geschöpf herum, das aus Mutterliebe zur Diebinn ward! – Zur Diebinn? – Das ist entsezlich! – O wenn mir dein Vater in der Stunde der Liebe dies gesagt hätte, daß ich einst noch in Henkers Hände gerieth, mit Füßen hätte ich ihn von mir gestoßen! – (*mit steigender Wut*) Der Treulose, der Verführer, das Ungeheuer, war dein Vater! – Weg von mir kleiner Bastart, sein Blut rinnt in deinen Adern! (*Sezt das Kind auf die Erde*) Du weinst? – Du weinst? – (*Zärtlich*) O Kind, komm wieder an mein Herz! – (*Pause*) Nicht doch, weine fort, um die Verbrecherinn, die deine Mutter ist; um den Lotterbuben, der dein Vater ist. – Wir beede gaben dir das Leben zu gränzenloser, untilgbarer Schande. Wir gaben dir das Leben, um es vielleicht unter Mangel, Hunger, Kummer und Verbrechen auf dem Schaffot zu endigen. – (*Wild*) Ha, werde ja nicht mein Ebenbild, oder... (*Schaudert zurück*) Was wollt' ich thun? – Hm, ein überflüßiges Geschöpf glüklich machen! – (*Gerührt*) Gott im Himmel, erbarme dich der Frevlerinn; mein eignes Blut wollt' ich würgen! – O nein, ich kann nicht! Ich kann nicht! – (*Pause*) Und doch sollt' ich, sollte sie vertilgen diese Brut; sollte sie mit mir in die Ewigkeit hinüber schleudern, um dem Mitleiden die Mühe zu ersparen, sie einst zu beweinen. – (*immer wilder*) Ha, wie die Züge des Verführers aus diesem Gesichte heraus häucheln! – Wie sie mich anlokken zur Rache! – Wie mein Blut tobt, wallt! – (*Ausser sich*) Wie ich gezwungen werde, dich kleinen wehrlosen Warm der Verachtung, der Schande, der Armuth, der Verführung zu entreißen! – Ich will... ich muß... ich kann nicht anders! – (*Greift dem Kinde an den Hals und schaudert wieder zurück*) O Gott, ich bin Mutter! – (*Lange Pause*) Mutter bin ich? – Ja Mutter eines Kindes das nichts mehr als Schande zu hoffen hat; Mutter einer Tochter, die mir einst fluchen wird, wenn ich sie zur Reife kommen lasse! – (*Mit neuer Wut*) Ha, das sollst du nicht! – Hand in Hand wollen wir vor den Richterstuhl Gottes, und dort deinen meineidigen Vater anklagen! – (*Die Ketten klirren durch zufällige Bewegung*) Hu, hu, welch ein liebliches Todtenkonzert! – Horch! – Sie kommen! – Sie wollen mich von meinem Kinde wegreißen! – Klammere dich an! – Halte dich vest! – Ich will... die Ketten... um deinen Hals wikkeln! – Ha! – Ha! – So! – So! – Es ist geschehen! – Nun mögen sie kommen die Henkersknechte und die Mörderinn hinausschleppen, izt haben sie doch eine Ursache! – Horch! – Horch! – Das arme Sünderglökchen läutet! – Das Volk stürmt! – Die Nachteule gurgelt den Todtengesang! – Meines Kindes Herz schlägt nicht mehr! – Kalt... todt... Jesus sei meiner armen Seele gnädig, ich habe es erwürgt! – (*Sinkt ohnmächtig auf den Boden neben das erwürgte Kind hin*) Noch lange würde Hannchen ihren Todesschlummer fortgeschlummert haben, wäre nicht plözlich der Kerkermeisterinn eine Ahndung durchs Herz gefahren, daß sie aufsprang und dem Gefängnis zueilte, während ihr Mann drauf los zechte. – Welch' ein Anblik für dieses Weib! – Das eiskalte, ermordete Kind auf der Erde, und die halbtodte Mutter ohnmächtig neben ihm! – Mit lautem Geschrei bebte sie vor dieser tragischen Gruppe zurük, und würde ihre Besinnungskraft verloren haben, wenn ihres Mannes Nachläßigkeit nicht aller Fassung bedurft hätte. Unwillig, und mit rohen Vorwürfen rief sie durch Rütteln und Schütteln die unglükselige

Kindermörderinn ins Leben zurük. Aber was nun thun; ob die Sache anzeigen, oder vertuschen? – Dies waren die Fragen, womit sich izt dies Weib beschäftigte, indem sie vor der Strafe zitterte, der sie entgegen sah. Verheimlichen, dachte sie, ließe sich die Sache nicht, indem man das Kind vermissen würde. Endlich faßte sie einen Entschluß; sie gieng hin, fiel den Richtern zu Füssen, und zeigte es an.

Dies neue Verbrechen schärfte und beschleunigte Hannchens Urtheil. Sie ward ohne Gnad' und Barmherzigkeit zum Schwerde verdammt. Die Zubereitungen waren schauervoll, fürchterlich. Mit jeder kommenden Minute vergrößerte sich ihre Todesangst, mit jedem Augenblik die Furcht vor der Ewigkeit. – Da die weibliche Einbildungskraft weit lebhafter ist, als die männliche, so läßt sich leicht schließen, was sie litt, bis der Augenblik erschien, wo ein lautes Gerassel die Henkersknechte und ihre Helfershelfer enkündigte, die sie zum Schaffot begleiten mußten.

Der Zug begann langsam, traurig, fürchterlich! Die arme Sünderinn wankte bebend mit Strikken gebunden, Schritt für Schritt daher, und sank öfters ohnmächtig auf die Kniee nieder. – Auf ihrer blaßen Stirne ruhte der Angstschweiß in großen Perlentropfen, auf ihren schneeweisen Lippen der Tod, in ihren starren Augen finstere Verzweiflung. Vor den Ohren der Unglüklichen schwirrte das unruhige Volk mit dumpfem Gemurmel. Rükwärts, vorwärts, auf der Seite, überall drängte sich der neugierige Pöbel unter lauten Zänkereien an die Büßerinn hin. Das verdunkelte Auge fand kein Pläzchen mehr, auf dem es ohne Schande hätte ruhen können. Auf den wenigsten Gesichtern ruhte Mitleiden, auf den meisten Behaglichkeit am Sonderbaren, stumpfe Gedankenlosigkeit, und Mangel an Gefühl. Der Lärm wurde immer lauter, Hannchens Herz immer gepreßter, ihre Seele ängstlicher, ihr Gefühl kälter, kurz der Körper war völlig zerknikt, zerrüttet, eh' er beim Richtplaz anlangte. Noch immer hoffte das Volk Gnade, und selbst die lebenssatte Unglükliche hoffte sie, ohne es zu wollen, aber umsonst. Gott sei ihrer armen Seele gnädig, sie mußte sterben! – Und starb, als reuige Sünderinn, zum abschrökkenden, herzdurchdringenden Beispiele, für junge, unerfahrne, leichtgläubige Frauenzimmer.

Ich könnte vielleicht hier noch manche treffende Anmerkung hinzufügen, aber wen diese äußerst traurige Geschichte an sich selbst nicht rührt, wer aus Hannchens schröklichem Schiksale nicht Vorsichtigkeit in der Liebe lernt, für den sind alle weitere Anmerkungen überflüßig.

Anmerkung

Karl Schwammers Geschichte – von Hannchens Tode an – so viel noch davon zu erfahren war, soll im nächstfolgenden Hefte dieser Monatsschrift geliefert werden. Sie ist zu eng mit Hannchens traurigen Schiksalen verknüpft, als daß sie nicht auch meinen werthesten Leserinnen interessant seyn sollte, und ich hoffe, sie werde auch nicht minder lehrreich seyn; vermöchte ich's nur, sie recht anschaulich darzustellen!

M. A. E.

1790

Über den Autor

Marianne Brentano, verheiratete Ehrmann, wurde am 25.11.1755 in Rapperswil geboren; sie starb am 14.08.1795 in Stuttgart.Nach dem Tod ihrer Eltern wächst sie bei ihrem Onkel Dominik Brentano im Allgäu auf und heiratet 1777 in Kempten einen Offizier. Die Ehe verläuft unglücklich, der Ehemann taucht nach Geldbetrügereien unter und Marianne erstreitet 1779 die Ehescheidung.Um 1780 schließt sie sich einer Schauspieltruppe an. 1784 trennt sie sich in Straßburg von der Schauspieltruppe und lernt ihren späteren Ehemann Theophil Friedrich Ehrmann kennen, den sie ein Jahr später heiratet.

Über tredition

Eigenes Buch veröffentlichen

tredition wurde 2006 in Hamburg gegründet und hat seither mehrere tausend Buchtitel veröffentlicht. Autoren veröffentlichen in wenigen leichten Schritten gedruckte Bücher, e-Books und audio-Books. tredition hat das Ziel, die beste und fairste Veröffentlichungsmöglichkeit für Autoren zu bieten.

tredition wurde mit der Erkenntnis gegründet, dass nur etwa jedes 200. bei Verlagen eingereichte Manuskript veröffentlicht wird. Dabei hat jedes Buch seinen Markt, also seine Leser. tredition sorgt dafür, dass für jedes Buch die Leserschaft auch erreicht wird.

Im einzigartigen Literatur-Netzwerk von tredition bieten zahlreiche Literatur-Partner (das sind Lektoren, Übersetzer, Hörbuchsprecher und Illustratoren) ihre Dienstleistung an, um Manuskripte zu verbessern oder die Vielfalt zu erhöhen. Autoren vereinbaren direkt mit den Literatur-Partnern die Konditionen ihrer Zusammenarbeit und partizipieren gemeinsam am Erfolg des Buches.

Das gesamte Verlagsprogramm von tredition ist bei allen stationären Buchhandlungen und Online-Buchhändlern wie z. B. Amazon erhältlich. e-Books stehen bei den führenden Online-Portalen (z. B. iBookstore von Apple oder Kindle von Amazon) zum Verkauf.

Einfach leicht ein Buch veröffentlichen: **www.tredition.de**

Eigene Buchreihe oder eigenen Verlag gründen

Seit 2009 bietet tredition sein Verlagskonzept auch als sogenanntes "White-Label" an. Das bedeutet, dass andere Unternehmen, Institutionen und Personen risikofrei und unkompliziert selbst zum Herausgeber von Büchern und Buchreihen unter eigener Marke werden können. tredition übernimmt dabei das komplette Herstellungs- und Distributionsrisiko.

Zahlreiche Zeitschriften-, Zeitungs- und Buchverlage, Universitäten, Forschungseinrichtungen u.v.m. nutzen diese Dienstleistung von tredition, um unter eigener Marke ohne Risiko Bücher zu verlegen.

Alle Informationen im Internet: **www.tredition.de/fuer-verlage**

tredition wurde mit mehreren Innovationspreisen ausgezeichnet, u. a. mit dem Webfuture Award und dem Innovationspreis der Buch Digitale.

tredition ist Mitglied im Börsenverein des Deutschen Buchhandels.

Dieses Werk elektronisch lesen

Dieses Werk ist Teil der Gutenberg-DE Edition DVD. Diese enthält das komplette Archiv des Projekt Gutenberg-DE. Die DVD ist im Internet erhältlich auf **http://gutenbergshop.abc.de**

Zeitfracht Medien GmbH
Ferdinand-Jühlke-Straße 7
99095 Erfurt, Deutschland
produktsicherheit@kolibri360.de